KB092021

안선희 제 2 시집

시사랑음악사랑

시인의 말

2013년 '둥지에 머무는 햇살'을 펴낸 후 이태 만에 '사랑에 기대다'를 출간한다.

긴 시간 나의 고민은 어떻게 쓸까 보다는 무엇을 쓸까에 치우쳐 있었다. 글을 잘 쓰는 것보다 중요한 것은 가치 있게 쓰는 것이라고 생각했음에도 사명감으로 쓸 '무엇'을 발견하지 못해 자주 절망하였다. 아트 티비 '명인명시를 찾아서' 인터뷰에서 "첫 번째 시집이 여인의 자아에 머물렀다면, 두 번째 시집은 타인에게 희망을 줄 수 있는 시를 쓰겠다"는 포부를 밝혔음에도 여전히 넓은 시야를 갖지 못했음이 부끄럽다.

1집에서와 마찬가지로 2집에서도 사랑과 인생에 대해 꾸준히 탐구했고, 어쩌면 '사랑과 인생'이라는 주제는 시인으로서 내 정체성인지도 모른다.

아는 만큼 보인다고 했던가. 시대에 대한 무관심의 늪에 빠지지 않고 '사명'의 언어로 가득 찬 3집을 들고 다시 인사드릴 것을 약속한다.

2015년 11월 첫날에
안선희 시인

QR 코드

 제목 : 개울가 몽당솔
시낭송 : 박영애

 제목 : 낙엽 편지
시낭송 : 박순애

스마트폰으로 **QR** 코드를 스캔하면
시낭송을 감상할 수 있습니다.

제1부 사랑

제2부 인생

제3부 가정

제4부 습작과 여행

제 1 부 사랑

인연

짧은 만남으로 내 곁에 머물렀기에
얼마나 소중한 사람인지 몰랐습니다
이 작은 세상 어디서든
다시 만날 인연인 줄 알았어요

하루, 이틀, 시간이 흐르고
언제부턴가
당신이 생각나면
눈물이 차올랐습니다

오랜 시간이 흘러
우리는 다시 만났지만
인사도 나누지 못하였어요
상심한 내 가슴은 빗장을 열고
당신을 멀리멀리 날려 보냈지요

사막 같은 세상 힘들어
그리움도 잊고 살다가
우연히 뒤를 돌아보았을 때
바로 등 뒤에서
보일 듯 말 듯한 미소로
사랑의 인사를 건네는 당신

우리가 같은 하늘 아래
공존하고 있음을 깨닫자
행복의 빛깔이
내 삶을 물들입니다

좋은 사람
당신이 또다시
나를 울게 합니다

수잔이라 불리는 여자

이십 대에 만난 미국인 강사는
나더러 수잔 서랜던을 닮았다며
수잔이라고 불렀다
영어 이름으로 서로 불렀던
백이십 시간 직무연수가 끝나자
수잔 서랜던은 펑퍼짐한 가슴의
모체일 뿐 아니라
또 다른 나 같았다

그녀가 아카데미상을 받자
내 일인 양 기쁘기도 하였다
예술가와 투사로서
세상을 향해 행동하는
용기를 응원한다

수잔 서랜던이 어원이 된
나의 또 다른 이름
수잔
그 고독한 아우라를 사랑한다

벙어리

할머니는 소녀시절 민며느리로 팔려와 딸 하나 아들 하나 낳고
출가한 남편 기다리다가 풍에 맞아 벙어리 되셨네
어머니 품에는 줄줄이 젖먹이 동생이 있어 나는 할머니 방에서 자랐지
거울 앞에 앉아 혼자 이야기하는 나를 할머니는 끊임없이 바라보셨네

우리 집에는 다섯 살짜리 푸들이 살고 있지
몸집이 작아 수의사는 하나님의 은총이라 불렀는데
우렁차게 짖어서 아파트에는 경고장이 나붙었지
하는 수 없이 수의사는 푸들의 성대를 제거하였네

할머니 유품 태울 적에 민트색 카디건 하나 숨겼네
독방을 쓰게 된 나는 이따금 할머니 카디건을 꺼내 입곤 하였지
오랫동안 내 모든 행동 뒤쫓던 눈길 사라지고
어느덧 나도 가족의 귀가를 기다리는 여인이 되었네

우리 집에는 말할 수 없는 푸들이 살고 있지
여러 날 동안 제 목소리 찾아 두리번거리다가
체념에서 비롯된 평화를 얻고
푸들은 끊임없이 타인을 바라보기 시작하였네

눈물

꽃비 흩날리던 봄날
햇살에 취해서
정신이 혼미해서
그대 있는 마을로 달려갔지

오랜 시간 머뭇거렸던
많은 생각 뿌리치고
숨 막히는 그리움 안고
바람처럼 날아갔지

결국 마주한 순간
도망치지도 못하고
석상처럼 굳어진
내 마음은
후회로 가득하였네

짧은 만남 긴 이별
그대를 생각하면
미소 위로 흐르던
나의 눈물

눈물을 감추려고
고개 숙인 사람아
이제 나는 알았네
긴 이별의 시간
그대도 나와 같았음을

선물

당신 입술이
잔잔한 미소 머금으면
내 맘은 차분해져요
자칫 큰 염려 낳을 뻔한
우리들의 이야기가
따뜻한 품에서 녹여졌음을
오늘에서야 깨달았지요
비 온 뒤 무지개 찬란하듯
흐렸던 가슴 활짝 개었어요
저도 마음의 보석상자 열어
값나가는 무언가를
당신 품에 안겨 드리고 싶어요

석별의 정

홀연히 떠나신다니
어인 말씀인가요
모처럼 양화 동산에
아름답고 밝은 햇살
그리 따사롭고 포근하더니
흐린 겨울날의
반짝 빛이었던가요

짧기도 하여라
그토록 다정한 정만 깊이
심어놓고 가시다니요

석별의 정표인가요
회색빛 하늘에서 하늘하늘
아린 그리움이 멍울지네요
벌써부터 목메이게 그리운 님
아쉬움 삼키며
고이 보내드리오리다

잃어버린 고별사

며칠 전 난리를 치며
고별식을 그럴싸하게 가졌다
물론 혼자만의 의식이었다
그랬던 것이 이렇게 작심삼일로 무너질 줄이야!
독한 면도 있다고 자화자찬했던 시시껄렁함이
못 견디게 재수 없어진다, 젠장!
그냥 도루묵이다, 처음부터 도돌이표다
미로를 찾아 헤매는 새앙쥐처럼
아냐 아냐 차라리 이 표현은 폼나기라도 하지
비 맞고 중얼거리는 새앙쥐 꼴로
털들 모조리 달라붙어 처량해진 몰골로
길거리에서 방황하다 꾸지람 들은 소녀처럼
잃어버린 시간을 찾아 원점으로 돌아왔다
출발점에서 먹힐지 말지 모를
불확실한 시간에 머물며
새로운 고별사를 끄적이고 있다

대머리 아저씨

여고 시절 수학 선생님은
턱수염이 무성한 숲 같고 머리숱은 없었다
수업 시간에 꾸벅꾸벅 졸다가 눈이 마주치면
분노보다 사람 좋은 미소를 날려주었다
맞선을 본 남자 둘은 교사와 한의사였는데
우연히도 둘 다 맨머리였다
친정과 시댁 남정네들도 대머리 유전자를 가졌다
외모의 어떠함은 내면의 어떠함을 말해준다
사람의 인상과 표정은 내면의 생각에서 비롯된다
하지만 남성의 머리숱과 성격의 상관관계는
아무도 밝혀내지 못하였다

벌써 일 년

그가 하늘나라로 떠난 지
벌써 일 년
우리 일상은
십 년이나 흐른 듯하다

은하수 별무리 좇아
구름다리 건너가면서
그의 발은 훨훨 날지를 못하고
이승의 언저리를 방황했으리

하루는 울고
하루는 웃으며
어느새 그를 잊는 시간이
손톱 만큼씩 길어졌다

남달리 정이 깊었던 그는
우리 대신 아파하며
밤마다 우리 눈물을 가져갔을까
칠 월의 하늘가
눈물 빛깔 별들이
방울방울 슬픔 머금고 있다

그를 만지며

슬픔을 모르는 눈동자
입술 깨무는 앞니
온기 망설이는
살갗의 촉감

그는 어디 있는가
뜨거운 눈물로
아무리 추억해 봐도
다정한 표정뿐인 사람

세상에 그보다
정이 많은 사람을 모른다
작별 인사도 없이
가버렸을 리가 없다

빈 손짓
숨결 같은 기억으로
존재하는 그

살아있는 동안은
그러하리라

텅 빈 가슴

바람 소리 들리는
고요한 시간

함께 어울리는 이웃
웃으며 살아가는 가족
그 틈바구니에
조용히 드러눕는 그리움

무얼 찾는 몸짓인가
텅 빈 가슴 휘젓고
이리저리 구르다가
눈 깜짝할 새 사라진
애처로운 그림자

만약에 그때

만약에 그때
나의 사랑하는 사람이
영영 나를 떠나지 않았더라면
당신 어깨에 기대지 않았을 것을

만약에 그때
당신이 나의 모든 소원에
즐거이 응답하지 않았더라면
내가 당신을 찾아가지 않았을 것을

만약에 그때
당신이 상냥하게 웃으며
깊은 상처 어루만지지 않았더라면
예전의 나처럼 강하게 살았을 것을

만약에 그때
함께하는 기쁨을
온몸과 마음으로 배우지 않았더라면
고독과 그리움 새털처럼 여겼을 것을

흔적

2년 전 신체검사에서 위장에 흉터가 있다고
어렸을 때 본인도 모르게 염증을 앓았을 거라고 하였다
올해 신체검사에서는 폐에 작은 혹이 있다고
흉부 CT를 다시 찍었다
일 센티미터도 안 넘는 이 작디작은 흉터는
어린 시절 결핵이나 폐렴을 스스로의 면역력으로 물리친
영광의 상처였다
꼬마였던 내가 스스로 위염도 이기고 폐렴도 이기며
튼튼하게 성장했던 것이다
어린 시절 병마를 무찔렀던 장한 흔적들이
오늘 내게 말을 건넨다
내 몸도 이럴진대 남의 몸 남의 의지를 어찌하랴
남을 내 뜻대로 변화시키려다
좌절했던 순간들이 부끄러워진다

그리운 너

매일 너와 아침을 열고
잠들기 전
너의 음성을 들었는데
내 곁에서 사라져버린 너

아침 기도 시간이면
우리의 사랑을 지켜 달라고
두 손을 모았는데
언제부턴가 내 기도는
이별을 위한 것이 되었다

그리운 것은
다정했던 너의 모습
두 번 다시 오지 않을
우리의 젊은 날들

우리 사랑

우리 사랑
어디서 시작되었는지
바람처럼 보이지 않지만
나 그대 사랑함 변함없습니다

우리의 공허한 자존심 싸움
사랑하는 가슴에서 싹튼 섭섭함
서로의 마음을 할퀴고 꼬집은 언어들

혼자 남으면 애틋하게
당신을 찾지만
손 닿지 않는 곳에 있습니다

이토록 엇갈리며
나 차마 당신께 알리지 못하고
이리저리 돌려 말한 모든 것은
내가 당신을 사랑한다는 한 가지입니다

당신의 말

천사처럼 미소 띤 얼굴로
살짝 띄워 준 말

근심 어린 표정으로
눈망울 덥혀 건네준 말

입술의 말 짧아도 긴 여운으로
귓가에 떠도는 말

온몸 감싸듯 나직하게 들려준
사랑스런 당신의 말

참사랑

약한 자녀에게
더욱 강해지는 모정처럼
참사랑은
흔들리는 불면의 밤도
손 마주 잡고
아름다운 꽃 피울 줄 안다

참사랑은
부싯돌처럼
세월 흐를수록 단단하다

사랑하다
눈물을 뿌리며
이별할지라도
추억은
성숙한 친구처럼
인생을 함께 산다

사랑은 숨길수록 소리높여 외친다

당신과 웃고 있는 사람이 질투 나서
나는 당신에게 다시 속하였습니다
그래서 우리는 타인이 되지 못하였습니다

사랑은 숨길수록 소리높여 외치는 법
우리 사랑은 숨을 곳을 잃고
많은 사람의 주목을 받았습니다

완벽하려고 애쓸수록 실수하고
그런 나를 보고 당신 미소 지으면
내 가슴은 쿵쿵 뛰었습니다

성모

아기를 안고 있는 엄마를 보면
누구나 성모 같다
엄마의 마음은 아기를 살피고
세상의 고달픈 바람을
온몸으로 막아줄 준비가 되어 있다

아기에게는 엄마가 든든하지만
엄마는 까치발로 서 있으니
남모르는 노고로 올올이 짜여진 사랑

사투를 벌이는 엄마를 본 적이 있다
북한의 산등성이, 젖이 안 나와
나무껍질 벗겨 먹은 엄마, 토악질하며 쓰러졌다
엄마 젖으로 매달리는 아기 손 놓지 못하고
모성은 마지막 들숨에도 있었다

아기에게 엄마는 하늘만큼 든든하다
아기를 안고 있는 엄마를 보면
누구나 성모 같다

새벽

동터오는 새벽
까닭도 없이
네가 떠올랐다

어슴푸레 날이 새는데
미련하게 불 밝힌
가로등처럼
그립고 아쉬움에
코끝이 맵다

우리의 사랑도
반짝이다 사라진
별빛

관심

관심은
이해를 낳는다

네가 나를 올려서
내가 너를 허물어서
우리가 서로를 사랑하게 되었듯이

관심은
굳게 닫힌
마음의 빗장을 연다

내가 깨달은 사랑

신포도처럼 미숙하던 가슴
세월의 깊이 만큼 여물기를 기다렸습니다
의지하고 챙겨주길 바라던 심사
나를 버리고 그의 필요 쳐다보는 눈
가지게 되었습니다

사랑은 주는 것
사랑은 함께하는 것
혼자만의 가슴앓이는 사랑이 아닙니다

사랑은 나누는 것
사랑은 표현하는 것
나만의 유익은 사랑이 아닙니다

사랑은 우직한 것
사랑은 마르지 않는 샘과 같은 것
쉽게 타올랐다 재 되는 것은 사랑이 아닙니다

신포도처럼 여물지 않던 가슴
세월의 깊이 만큼 성숙한 사랑
가지게 되었습니다

단비

오랜 시간 묻지 못했던
님의 기별
어두운 장막 헤치고
발소리 들립니다

행여 다시 못 볼까
의심의 불씨
단호히 꺼뜨리고
상냥하신 나의 님

가슴 졸이던
침묵 깨뜨리고
애잔한 눈물 방울로
창문 두드리는
나의 사랑 나의 님아!

붉은 나팔꽃

새벽 이슬 내리자
나팔꽃 넝쿨이 울타리를
단단하게 감아 올라간다

우리의 사랑도 저렇듯
단단한 줄 알았건만
종이처럼 구겨진 옛이야기

아직 새살에는 딱쟁이도 앉지 않았다

뜨거운 미움으로도 씻어내지 못한
그림자 되새김질하다
길모퉁이에서 마주하던 날

피고 또 피어오르는 나팔꽃은
왜 그다지도 너그러울까
하늘을 찌르던 미움도
소리없이 스러졌다

사랑은 서로의 흉터를 보듬으며
시나브로 여물어 가는 것
새벽 이슬 머금고 피워 올린
붉은 나팔꽃처럼

너의 침묵

연락하지 말라 해놓고
전화기 물끄러미 바라본다
생각에 잠긴 사이
부재중 번호 떴을까 봐
또 들여다본다

연락하지 말라 해놓고
진정 원했던 것은
소통이었나 보다
넌지시 혹은 뜨겁게
가슴 연 대화였나 보다

연락하지 말라 해놓고
전화기 물끄러미 바라본다
땅거미 질 때까지
내 맘은 너를
기다리고 있었나 보다

낙엽 편지

오래 연락도 없이 살다가
혹시 내 소식 궁금하다면
단풍 물오른 산야
향긋한 낙엽처럼 대답하리
난 괜찮아!

세월 흐를수록 무성한 미로
사랑나무 우거졌으니
찬바람 회오리쳐도
내 어깨 시리지 않아!

걷다가 뒤돌아보면
작고 외로운 발자국들
모두가 평행선인데
저무는 햇살 바늘
대지에 금빛 수를 놓는다

홀연히 벌거벗고
메마른 손으로
대지를 포옹하는 낙엽은
성직자 같은 너를 닮았다
난 잘 있어!
너는?

 제목 : 낙엽 편지
시낭송 : 박순애

스마트폰으로 QR 코드를 스캔하면
시낭송을 감상할 수 있습니다.

사랑의 딜레마

완벽한 남자와
완벽한 여자가 만나면
완벽한 사랑을 할까

예술은 언제나 강렬하고
눈부신 로맨스를 창조하지만
사랑의 실체는
빛보다 그림자에 가깝다
기쁘고 행복한 순간보다
아쉽고 그리운 시간의 결정체

완벽한 사랑을 꿈꾸는가
눈물 같은 사랑을 하리라
사랑의 불완전성을 믿는가
우정 같은 사랑을 하리라

사랑으로 인생을

이십 대에 전사한 남편의
영정 사진 벽에 걸고
흐린 눈으로 바라보는 할머니
수평의 세월을 걸어왔다

오르고 또 오르는 인생길
성취를 위해 살았다면
인생의 나이테는
수직의 방향일 것이다

인생은 외로운 길
외롭기에 인간은
사랑을 먹고 산다

쓸쓸한 인생에
사랑의 빛 비추면
인생은 행복한 꽃길이 된다

꿈길에서

태양 빛도 없는데
눈부신 빛깔 감도는
낯선 거리에서
누군가와 함께 있었다
다정하게 웃으며
팔을 잡으려는 순간
그는 멀리멀리 사라졌다

잠에서 깨었을 때
이리저리 찾아 헤매던 여운이
가슴을 아프게 했다
그래서였을까
세월이 흘렀는데
꿈길에서 나는
여전히 누군가를 찾아
두리번거리고 있었다

봄의 무희

산기슭 쌓인 눈 녹고
계곡에 시냇물 흐르면
겨우내 동면하던
진달래 기지개 켜며
붉은 봉오리 터뜨리는 봄

눈꺼풀 무거워진 삽살개
나른한 오수에 잠기면
마을 어귀에 사는
아지랑이 처녀
백옥 치마 차려입고
봄나들이 나온다

햇살 안고 찾아온
반가운 님 손잡고
하늘하늘
아지랑이 처녀
초록빛 뜨락에서
사랑의 무희가 된다

사랑이 간다

숲처럼 내 온 시야를
가득 채웠던
사랑이 간다

향긋한 꽃내음
콧날 간질이던
여름날의 벤치

손짓 하나 눈짓 하나에
심장이 뛰었던
일요일의 만남

낙엽 지는 신촌 거리
가을처럼 미련도 없이
젊은 날의 사랑이 간다

우정

밤하늘 달과 별이 고향 소식 내리는
화양리 너의 창가에 서면
커피 향과 프리지어 향기
스무 살 나의 우정에 기대고 싶었던
너의 타향살이 외로움이 다가왔다

기다림

내 청춘의 어느 가을날
광화문 사거리에서 맹인 청년을 만났네
세종문화회관을 찾아 한 시간 넘게 헤매느라
순백의 양복이 땀으로 얼룩져 있었네
내 갈 길도 바빴지만
성당에서 맹인 선교를 하던 나는
그에게 팔목을 잡혀 길을 인도하였네

맹인 청년이 허겁지겁 뛰어오면
버스 서너 대는 줄행랑을 쳤네
세종문화회관에 도착했더니
목가적인 차림의 맹인 처녀가
불안한 낯빛으로 기다리고 있었네
이미 약속 시각은 두 시간이나 지났지만
맹인 연인은 손을 맞잡고
아이처럼 빙그르르 춤을 추었네

휴대전화도 없던 시절
내게 사랑을 고백한 남학생과
첫 번째 데이트를 약속한 날이었네
맹인 연인을 만나게 해주려고
한 시간 늦게 도착했더니
종로교회 벤치에는 아무도 없고
낙엽만이 빙그르르 춤추고 있었네

상사(相思)

너를 생각하면
은밀한 수줍음이
언제나 나를
떳떳지 못하게 했다

꿈길인 듯
아늑한 인생길
너와 함께 걷고 싶다

너의 품을
아주 크게 만들어
그 안에 살고 싶다

사랑한다면

사랑은
둘이서 하나가 되고
하나인 나의 공간을 덥혀서
또 하나의 방을 내어주는 일

사랑한다면
숨 막히는 눈물과 웃음을
터뜨리도록
그의 생애를 부둥켜안아 보자

사랑한다면
내가 외로운 순간
또 하나의 고독과 만나
인생의 오솔길을 정답게 걸어보자

제 2 부 인생

하루살이

밤 이슥해지면
나는 불빛을 향해
몸을 던지리라

오늘을 살려고
이태를 기다렸다
내 몸짓이
얼마나 강렬한지
우리가 살았던 흔적을
세상에 남기리라

휘황한 불빛 아래
군무를 추며
운명에
뜨겁게 항거하리라

슬픈 새벽

어느덧 눈물이 말랐습니다
세상은 고요히 잠들고
시계 소리만 들려옵니다

나는 어린아이처럼 홀쩍입니다
빨리 시간이 흘러갔으면
모든 멍에 풀리고
꿈에서 깨어났으면

먼동이 터옵니다
또 하루가 시작되었습니다
길 건너 아파트의 부지런한 사람
등을 켜 새벽을 알립니다

동쪽 하늘
홀로 반짝이는 새벽별이
모든 일이 잘 될 거야,
미소 짓습니다

즐거운 인생

나는 인생의 주인공입니다
인생은 마라톤
누구를 이기려 함이 아니라
묵묵히 완주함이 목적입니다
장거리를 달리노라면
삶의 희로애락이
파노라마처럼 엇갈립니다

환하게 웃는 삶은 행복합니다
게임처럼 살 수 있다면
얼마나 즐거울까요
이 순간 머릿속에서
상념의 실타래 엉켰을지라도
풀어헤칠 이는 바로 나입니다
게임의 여왕처럼 명랑하게
엉킨 실타래 풀어헤치고
껄껄껄 웃었으면 좋겠습니다

빛을 향해 가는 길목에서

주위가 밝아오자
눈물이 흐릅니다
두려울 땐 울 수도 없었습니다
어둠 속 세상은
커다란 입을 가진 괴물 같았습니다

인생의 팔면체 가운데
햇빛이 비춰드는
밝은 면으로 나아가자
어둠이 가시기 시작했습니다

수렁에서 빛으로 나아가
무리 속으로 걸어갑니다
함께 거하고 함께 웃으며
밝음에 묶여 살겠습니다

행복한 순간

내가 행복한 순간은
절대 이루지 못하리라
남몰래 포기한 일이
나도 모르게 이뤄진 순간

누군가의 손에는
당연히 쥐어졌던 열매를
내게도 달라고
자다가도 일어나 무릎 꿇었건만
행운은 나를 쳐다보지도 않고
다른 이의 어깨에 내려앉았네
실망의 골짜기를 걷고 또 걷던
오랜 세월 뒤

행복은 멀리 있는 줄 알았는데
언제나 살았던 마을에서
사랑하고 용서하며 살았던 날들
파랑새는 오늘 내 어깨에 내려앉아
귓가에 속삭여 주었네
인생은 외롭지 않으며
먼지처럼 덧없지 않으리라고

물끄러미

가끔씩 이름 석 자 검색해서
동안의 미모부터
팔자 주름 깊어진 현재까지
당신을 봅니다
사는 곳은 달라도
건강하게 잘 있어서 다행입니다

세월에 멍들지 않는
청정한 웃음기가
궂은 날에도 무지개처럼
내 가슴에 번져옵니다

묵직해진 내게서
체면 꺼풀 벗겨내면
한없이 여리고 수줍었던
그 시절의 내가 당신 앞에
홀로 마주하고 있습니다

폐경

20일 예정이던 월경
30일 되도록 감감무소식이다
월경을 시작하자면
며칠 전부터 뻐근하던 아랫배 통증
약을 먹어야 진정되던 요통도
오뉴월 흰 눈처럼 자취를 감췄다

초등학교 6학년 어느 겨울
친지들 둘러앉아 오순도순
이야기꽃 피우던 자리
화장실에서 뛰쳐나와
꺄악! 나 생리해!
크게 외쳤던 시작처럼
나의 폐경을 엄숙히 선언하노라

이제부터 나는
여자라는 배역에서 자유로워질까
아무런 연습 없이 무대에 오른
새로운 인생 서막

개울가 몽당솔

달무리 어슴푸른 겨울 숲
봄빛이 얼음장을 깨웠다
돌 틈 사이 물소리에
반색하며 허리 깊어지는
몽당소나무

숱한 유혹의 바람에도
외곬으로 개울을 지키다
일찍이 철들어버린
시린 눈매
외솔의 고독
단단하게 이겨낸
어린 왕자여
개울의 입맞춤으로 시작된
봄에는 외롭지 않으리라

 제목 : 개울가 몽당솔
시낭송 : 박영애

스마트폰으로 QR 코드를 스캔하면
시낭송을 감상할 수 있습니다.

옷

옷장에는 형형색색 옷
태산처럼 쌓였건만
외출하는 날이면
영락없이 탄식하네
당최 입을 옷이 없어!

들의 꽃들은 단벌옷 입고도
눈부시게 아름다운데
날마다 갈아입는 내 마음은
꽃보다 초라하여라

십이월의 거울 앞에서

십이월의 거울 앞에 서네
출근길마다 거울 앞에서
발길 멈추던 아버지처럼
십이월의 달력에
내 모습 비추어 보네

무지갯빛 비늘 붙이고
헤엄치는 어린이들
두 뺨에 숨겨진
슬픔과 공포도
행복과 기쁨도
내게는 활자처럼 읽혔네

갖은 사연으로 하루를 마름하며
누군가의 눈물 닦아주고
누군가의 짐 나눠 가졌지만
어떤 손은 놓아버렸으니
혼자서는 별처럼 강해도
둘이서 외로운 순간도 있었네

차가운 밤하늘 아래 서면
어둠 속에 숨었던
그리운 별 하나
올해도 수고했노라고
머리 쓰다듬고
발등 비추어주네

폐지 줍는 노파

흙 속 구멍에서 기어 나온
어미 거미 실주머니에 알 채우듯
땅거미 깔리기 시작한 골목길
팔순의 노파 폐지를 주우며 간다
종일토록 허기에 지친 노파의 등은
텅 빈 수레조차 무거워 자꾸만 휘었다

가로등 하나둘 켜지고 아기별들 날아오르자
노파는 옛날 이야기하듯 입술을 달싹였다
모든 자식 업어 키운 쭈그러진 등짝에
이제 남은 건 빈 수레뿐이다

희로애락의 실을 잣던 감각은
몇 번의 탈피로 더욱 흐릿해져
복사꽃 같던 뺨도 젖을 물리던 여체도
어느덧 허물 벗은 껍질로만 남았다
나무 등걸에서 자라는 버섯처럼
추억의 뿌리는 어디에고 닿아 있다

동네 예배당에 이르러 십자가 아래
두 손 모으고 고개 조아리던 노파
등짝에 매었던 하루의 수고 털어내고
남은 생의 한가운데로 덩실덩실 걸어간다

가을 새벽

새벽 산책길마다
까르르 아양 떨던
노오란 소국이
오늘은 파리한 낯빛을 하고
작별을 고하였다

드문드문 피어난
붉은 장미는
흰 서리 머리에 이고
아직 달콤한 여인의 향기

소슬바람 속에서도
해맑게 웃어주던
가을 뜨락이
이내 쓸쓸해지겠구나

색동옷 입은 나무에서
숨바꼭질하는 까치들
벌써부터 까치까치
설날을 노래하고 있다

낙엽송

허리가 틀어진 나무가
벼랑 끝에 서 있는
산마을에 가 보았네
거센 바람
공허한 산새 울음
홀로 피어난 들꽃은
아직도 못다 한 말
주저하며 속살거리네
하루를 달려온 태양이
마지막 일별을 반짝일 때
바람을 좇아
하염없이 휘어진
낙엽송 골짜기에서
또 하나의 계절이
모든 수고 내려놓고
소리 없이 저물고 있었네

불꽃놀이

저것은 팅커벨의 춤
경쾌한 스텝으로
허공을 가르는 날갯짓

저것은 깨끗하고 순진한 용기
꽃망울 져 터지는
어린이의 환상

저것은 비룡이 뿜어내는 마술
화려해서 더욱 아쉬운
빛의 향연

만년필

새로 산 만년필이 길이 들었다
서랍 속에 넣어두고
가끔씩 꺼내 썼는데
어느새 부드러워졌다

정든다는 건
함께하는 시간이 길어지는 것
고운 정 미운 정 부대끼면서
편안해져 가는 것

순백으로 산다면 고독할 거야
세월의 이끼 쌓이고
그늘진 계곡 있어야
멍든 가슴 쉴 자리도 생기겠지

만년필이 잉크를 외면한 채
서랍 속에만 살았더라면
영원한 무용지물 되었을지도 몰라

한가

비 갠 오후 파란 하늘
두둥실 흘러가는 구름에
코끼리, 악어, 양 떼
이름을 붙이다가
고래를 잡아타고
먼바다 항해한다

호수에 피어나는 물안개
바람결에 일렁이면
고래 떠난 빈 하늘에
손가락으로
너의 얼굴 그려본다

여자 예찬

아이를 잉태한 순간
여자는 재단사가 되어
투쟁하는 세상에
평화의 전신 갑주를 입힌다

여자가 있어
노인과 어린이는
보호받고
남자는 강해진다

여자의 몸은
인류의 기원이며
여자의 마음은
사랑의 원천이다

인내

삭이라
더 큰 분노로
에너지를 정화하라
너의 열망을 향해
천천히 나아가라

일어났다 소멸하는
오로라 말고
삭이고 발효된 누룩으로
쇠를 녹이는 뜨거운 뒷심으로
정금 같은 신실함을 잉태하라

오늘의 즐거움은 시시한 것
후회를 낳는 사소한 욕망
갑갑해도 참으라
더 깊숙한 너에게로 들어가라

땀방울 맺힌
너의 인내
보답 받을 날 있으리라

마라톤

몸은 기억한다
42.195의 거리를

그날의 고통
그날의 희열
더 인내하고
더 멀리 달리도록

그날의 심장
그날의 신음
세포마다 켜켜이
추억하고 있다

상처는 아물고
빠진 발톱 돋아났지만
몸은 그날의 영광
잊지 못한다

선악

어떤 이는 편 가르기 좋아하고
남의 험담 곧잘 하지만
정다운 말로 위로할 줄을 알고

어떤 이는 행실이 바르고
고상하게 말하지만
슬퍼하는 사람 차갑게 외면한다

어떤 이는 돈이 없어
변변히 먹지 못하고도
가난한 이웃에게 나눠 주지만

어떤 이는 남에게 무심하다가
작은 몸짓 하나로
타인의 땅이 황폐해진다

무스탕

어렵던 신혼에 남편이 사준
당대 최고급 무스탕 입고
겨울비를 만났습니다

사람들 걸음이 빨라졌지만
유행 지난 투박한 무스탕 입고
여유롭게 길을 갑니다

빨갛거나 노랗거나
파랗거나 투명한 우산이
신호등을 건너갑니다
사람들 표정은 보이지 않습니다

가지마다 메마른 갈색 잎이
영롱한 빛 머금고
까딱까딱 알은체합니다

백일몽

저 높은 곳에는
무엇이 있길래
이 많은 사람이
아등바등 오르려 할까

출발선은 저마다
다르지만
모두가 꿈꾸는 곳

부자거나
명석하거나
강력한 백 하나 없어도
한 번쯤은 꿈꿔보는
외롭고 높은 그곳

교통사고

평화롭던 어느 날
빨간 불이 켜졌다
신호 대기 중이던 내게
질주하며 부딪혀 온 뒤차
이날부터 머리가 아팠다
통증은 거미줄처럼
온 신경에 번졌고
혈압이 고공 행진하여
까닭 없이 서러웠다

병 조퇴하던 퇴근길이었다
매일 보았던 나무에서
퇴색한 잎들이 떨어지고
나무에 달린 이파리들은
붉고 노란 꽃잎 같았다
떠나갈 잎사귀에
색동옷 갈아입히며
나무는 흐느끼고 있었다

나무에 기대어 서니
내 안의 서러운 이파리가
초록으로 피어났다가
검붉게 퇴색하였다
슬픔은 땅으로 뚝뚝 떨어지더니
바람에 실려 날아가 버렸다

인생사

인생은
모태에서 나와
흙으로 회귀하는
장거리 여행

모범생이나 날라리나
공평하게 받아든
오늘이라는 숙제

좌로 가나 우로 가나
스물네 시간
저마다의 인생 시계로
하루를 산다

봄, 여름, 가을, 겨울
인생의 사계를 지나면
부자나 가난뱅이나 홀로이
종착역 플랫폼에 선다

사랑하는 가족과 연인
청춘을 바친 일터
건강한 웃음
모든 것은
이슬처럼 사라지고

종착역 플랫폼에서
그리운 얼굴
추억마저 내려놓는다

레미제라블

사경을 헤매는 품의 아이
방황하는 모정
그 날부터 사창가를
유성처럼 떠돌았다
의지 거처 없는 세상은
깍짓손 상상하던 달콤함이 아니다
부끄럽고 헐벗은 몸 가리기에는
태양이 중천에 떠 있다

찬바람 부는 길바닥에서
이빨과 머리카락은
아기의 치료비로 팔고
끝내 눈동자 같던 아이
부자에게 내주었다
순결은 심장에 박제한 채로
창녀로만 불리었다

죽음의 침상에서
회오리치는 그리움
후 엠 아이
후 엠 아이
당신의 이름은 판틴
코제트의 순결한 어머니였다

7080

아이를 재우다가 꿈결에 전화를 받았다 어눌한 발음의 목소리였다
나 J야, 화들짝 잠이 깨었다
교대생 중 가장 자유분방했던 J는 교정을 놀이터 삼아 다녔고
페스탈로치를 탐독하고 입학했던 나는 학교에 부적응해서 겉돌았다
모범생 집합소인 교대에도 혁명의 바람이 불어와
강의실로 향하는 현관마다 책걸상이 탑을 쌓았다
두드러기처럼 삭신이 가려워진 나는 농성 중인 체육관에 찾아가
인간사슬의 한 고리가 되었다 문을 막고 경찰과 대치하고
창문 밖에서 흐느끼는 부모들의 음성을 숨죽여 들었다
학생들은 일주일 만에 쫓겨났고 교문은 봉쇄되었다
J는 교문을 향해 돌멩이를 던졌다가 군대에 징집되어 떠났고
나는 스무 살 중반에 엄마가 되었다
동창들은 J가 군대에서 죽었다고 수군대었다

사십 고개 발음이 어눌한 사내가 내 이름을 불렀다
벌 나비 찾아드는 화창한 동산에 사는 모두와 연락을 끊고
스무 해 가까이 숨었던 J는 기지개 켜듯 세상 밖으로 나왔다
세월의 강물이 J와 나 사이에서 쿨렁쿨렁 흐르는 소리를 들었다
교사로서 엄마로서 무던히도 적응해온 나와는 달리
J는 여전히 굳게 닫힌 교문 앞에 있었다
돌멩이 하나 어정쩡하게 든 모습으로
그 돌멩이 내려놓자고 차마 손잡지 못하는 내 안에서
뜨거운 물줄기가 흘러내렸다

제 3 부 가정

엄마가 미안해

요즘 무슨 생각을 하며 사는지
등하굣길 함께 가는 친구는 누군지
조금도 궁금해하지 않았지

너의 속마음 듣기보다는
먹이고 입히고 외식에 영화 한 편
내 맘 편하자고 고깟 몇 시간 내준 걸
대놓고 공치사도 했구나

가화만사성(家和萬事成)이
인생사 우선순위건만
바깥일로 피곤하다며
너의 즐거운 수다를
방으로 티브이 앞으로 쫓아낸
엄마가 미안해

가족

키가 다 컸는데도 얼굴이 동그란 딸들에게
초등학생이냐 중학생이냐 묻는 이들이 있다
착하고 어리숙해서 부모 다 떠나면
모진 세상 어찌 살까 근심이다
눈망울 맑아 까닭 모르게 애처롭다

새벽녘 잠이 안 와 컴퓨터를 켜고
청소년의 고민 글에 답글을 썼다
어미 새 떠나버린 싸늘한 둥지에서
날지 못하는 어린 새들이 슬피 울고 있었다

재혼한 엄마가 새 아빠 자녀들만 예뻐해서
외롭다는 넋두리에 댓글을 단다
옛날에 한 어머니가 젖먹이 딸을 데리고 재혼했대
새 아빠도 딸이 있어 의붓딸과 친딸을 같이 키웠지
어머니는 힘을 다해 의붓딸에게 잘해 주었지만
친딸만 살이 오르고 의붓딸은 말라갔어
밤에도 어머니는 친딸은 가장자리에 누이고
의붓딸을 품에 안고 잠을 잤대
그런데 모두가 잠들자
어머니 코에서 연기 같은 게 피어나더니
의붓딸을 넘어가 친딸의 몸을 포근히 감싸주더래
새벽인데도 소녀는 잠들지 않고 답글을 썼다
감사해요 어머니도 마음으로는 저를 사랑하시겠지요?

둥지의 새들이 스스로 날기까지
사랑의 온기로 품지 않는다면
어린 새들은 평생 사랑을 모르게 되리라
차가운 세상의 낯빛만 기억하며 찡그리고 살리라
생면부지 네티즌의 위로 한 마디에 잠을 청하는
어리고 여린 방랑자들에게 오늘은
댓글로 사랑의 불씨를 피워올린다

상추랑 다채처럼

장염으로 일주일을 입원해서
애간장 녹였던 아기가
올여름 또 도졌다
우유병 삶고 이유식 잘 데웠는데
피똥 푸른똥을 싼다

여름 길은 아직 먼데
어쩌자고 초하부터 장염이더냐
무성 더위에는 우유병 삶아도 쉬 상하고
냉한 음식 투성인데
따스운 것 먹이는 초하부터더냐
겨우 십사 킬로그램으로 찌웠더니
또 얼마나 줄지 근심이다

아가야,
더도 말고 덜도 말고
저 베란다 아무렇게나 심어도
물만 주면 쑥쑥 자라는
상추랑 다채처럼만
올여름 나자꾸나

텃밭1

아작아작 상추 싸먹는 꿈
쑥갓에 고추장 찍어
다채에 양념 버무려
한 옴큼 베어먹는 꿈

싱싱한 것만 골라
바구니 채우며
아이들도 콩콩 신바람 났다

검고 굵은 흙에 분갈이해서
쉬엄쉬엄 베란다까지 끌어
물 솔솔 뿌리며
콧노래 흥얼거린다

손바닥 넘지 못하는
아담한 채소들
이것들이 언제 다 크나

그래도 쳐다볼수록
싱그럽게 피어나는
여름밤 촉촉한 꿈

텃밭2

농수산물 백화점에
고풍스러운 토분 사러 갔다가
흙과 비료와 화분과
식물 키우는 데 필요한
요것조것 샀다

목이 타서 피곤해진 식물들이
저렴한 가격표 붙이고
진열대 촘촘히 놓였다
키 작은 녹색 식물 열세 개를 골랐다

떨리는 맘으로 귀가해서
사각 화분 적당히 식물들 늘어놓고
물 주었더니 푸름 짙어진다

그래, 나는 물 부자라
너희 배부르도록 먹여줄 테니
너희도 초록 빛깔 아까워 말고
우리 식구 퍼주려무나

텃밭3

좁다란 아파트 베란다
나는 여기에 정원을 꾸미고 싶다
청자로 된 개구리 형제가
돌돌돌 물 뿜어내는 양편으로
크고 작은 초록 나무가
방울방울 산소 쏘아 올리고
말갛게 씻긴 수석들 사뿐히 앉아
만년청 쳐다보며 대화하는 곳

여기서 근심 없는 눈매의 아이들에게
만두처럼 동그란 행복을 빚어주고 싶다
낡고 두툼한 원목 식탁에
풍성한 먹거리 내놓고
쫑알거리며 노는 아이들
손짓해 배불리 먹여야지

거실 창문 열어젖히면
행복 겨운 추억 꽈리가
입속마다 까륵까르르 씹혀지리라

여드름

열여섯 살 딸의 모공에서
빨간 꽃 노란 꽃이 피었다
입술을 뾰족 내미는
뺨은 여인처럼 발그레했다

피부과에서 꽃망울 터뜨리고
돌아오는 길
보름달이 휘영청 밝았다

어릴 적 딸은 달과 잘 놀았다
아휴, 달님이 자꾸 쫓아와!
고개를 젖히고
토끼처럼 벌름벌름 웃곤 하였다

얼굴에 온통 꽃물 든 딸은
달님이 쫓아온 줄도 모르고
스마트폰만 내려다본다

구름 흐르는 하늘가에서
달님이 사랑의 활줄을 당기었음을
그리하여 곧 가슴 두근거리는
첫사랑이 시작될 것임을
딸은 아는지 모르는지

자리

학부모 공개 수업 날
초등학교 교실에 들어선다
키가 작은 딸은 맨 앞자리
선생님 바로 앞에 앉은 딸은
있는 듯 없는 듯 다소곳하다

키가 중간인 나는 학창시절
맨 앞자리에 앉아본 적이 없다
저기 앉은 딸의 기분은 어떨까

딸의 모든 행동은 자연스럽다
유치원부터 익숙한 맨 앞자리에서
타인의 시선 따위 아랑곳하지 않는다

그날 이후 나도
앞자리에 앉는 습관이 생겼다
마침내 나의 자아는 푸른빛 날개를 달고
타인의 시선 위를 비행하기 시작하였다

조깅

며칠 동안 조깅을 못한 찌뿌둥한 내게
하숙생 허파 군이 공기 고프다고 투덜댄다
허파 군은 엄살을 떨다가
하아하아 복식 호흡을 하다가
입을 헤벌리고 죽는시늉을 한다

설거지를 대충하고 바닥을 닦고
새벽 한 시 십오 분 트레드밀에 오른다
배고픈 허파 군은
흐뭇하게 가슴 빗장을 열어
산소 방울들을 수북이 퍼담기 시작한다, 랄라

등 뒤로 기다랗게 찢어진 눈들이
화들짝 놀라며 다가왔다가
끼룩끼룩 웃으며 물러간다
무섭다 무덤에서 운다는 귀신새 소리
삐그덕 어디선가 울리는 쇳소리
그래도 허파 군은 쓱쓱싹싹 밥그릇 긁어가며
맛나게 먹어치운다, 랄라

사심 분쯤 있다가 트레드밀에서 내린다
찢어진 눈들 물러가고
후우후우 귀신새 울음 그치고
삐거덕 쇳소리도 멈춘다
허파 군은 기지개를 켜더니
고맙다는 듯 트림을 꺽 뱉어내고
만족스러운 표정으로 잠자리로 들어간다

목욕

배불뚝이 우리 아가
콧물 두 줄 매단 채
욕조 안으로 척

홀쭉이 큰아이
인형 머리 감기며
소꿉놀이 쫑알쫑알

거품 만들기 물 끼얹기
머리 감기 헹구기
수건 한 장씩 돌돌 말고
아장아장 방으로 입성한다

어느새 눈에는 졸음이 폴폴

수증기

스티머에 마른 쑥 잎 담고 물을 채워 전기를 꽂았다
고린내 같기도 한 쑥 냄새, 역함은 잠시, 쑥 향은
아늑하고 경건해졌다 얼굴을 콕콕 쏘는 물방울 피어올랐다
쑥 향에 버무린 증기는 아로마 향을 퍼뜨린다
흥건해진 땀방울 콧잔등 타고 슬라이딩, 한 방울, 두 방울,
세 방울…… 소리 없이 바닥에 떨어진다
쑥 향에 증기를 비벼 맛나게 먹고 난 정신은 뽀드득 팽창하고
벌판을 쏘다니느라 햇볕에 그을린 맨살의 표피가 야호, 소생하고
피로감에 풀썩였던 생기가 함초롬히 피어난다 이름 모를 선녀는
사막에 신기루 짓고 노닐다가 옷자락 펄럭이며 날아갔다
한 줌 물이 허공에 뿌려준 십오 분짜리 동화였다

검소한 여름

더운 밤 창문 열고 잠들었다가
새벽녘 잔기침하며 깨어나
아침상 차리노라니 어느결에
가족보다 먼저 여름이 다가온다

녹음 차려입은 산야는
일상에 충실한 우리를 불러 손짓하고
방랑자의 영원한 벗 바다는
먼 땅으로 훌쩍 떠나라 등을 떠민다

밀짚모자 꽃무늬 원피스 꺼내놓고
여행 계획에 들떠 콧노래 부르노라니
잊혔다가 불현듯 깨달아진
갚지 못한 마이너스 통장이여

올여름은 시원한 수박이나 먹으며
집에서 보내자 했더니
순박한 식구들 실망의 빛 감추려고
서둘러 고개를 주억거린다

이웃사촌

내가 외출한 틈에 두 번이나
아래층 아주머니 애들을 혼내고 갔다
주의 준다고 했건만
또 콩콩 뛰었나 보다
삿대질했다는 아주머니도 심하길래
따지러 내려갔더니
뜻밖에 얌전한 인상의 아주머니

싸움이나 벌어지지 않을까
우려도 걷히고
엄마로서 동병상련
아이가 병을 앓고 누워 있단다
울 딸도 종아리 때렸다니 미안해한다

한 달을 인터폰으로만 대화하며
쌓였던 편견과 불신
단번에 깨어졌으니
사람의 마음이란
사람의 만남이란

소철

생명력이 강하여
죽었다가도 소생하는 소철을
볕이 잘 드는 창가에 두었다
잎은 뾰족하고 허리는 굵어
화석의 세월을 견디고도 남을
의연한 식물이여!

일 년 동안 꿈쩍도 않다가
어깨를 들썩이면
단번에 쑤욱 자라는
기를 품은 너이기에
까치발을 돋우어도
언제나 단신일 뿐인 나

표정없는 사유로
건조한 땅을 딛고
태양의 작열을 수육처럼 마시며
안으로 안으로만 생장을 키우는
우직한 너와 동행하고 싶구나!

철쭉

화분에 흐드러진
꽃송이들
아이 손톱만 한
초록 이파리 다닥다닥
어제까지 보일 듯 말 듯
수줍던 미소
화들짝 터뜨린 오늘
네 이름이 무엇이냐,
수작을 걸어보니
봉긋한 꽃송이들
철쭉철쭉, 외쳐대는
진분홍 합창

고사리손

나는 항상 딸 앞에서 작아진다
엄마보다 속 깊은 딸의 사랑
체구는 왜소하지만
언제나 넓은 가슴으로
엄마를 앞서 인도한다

나는 딸에게 플라스틱 목걸이와
모형 진주를 사주었는데
딸은 초등학생이 되자
세뱃돈으로 14K 액세서리를 사주었다

나는 딸이 아프면 새우잠을 자는데
딸은 내가 아플 때 밤을 새웠다
작은딸이 유치원 다닐 무렵
내가 고열로 누웠더니
딸들은 새벽까지 들락날락하였다
고사리손으로 짠 물수건에서 흐른 물이
베개를 다 적셨다

나는 딸이 아플 때 전복죽을 사 왔는데
딸은 엄마를 위해 미음을 끓였다
어느덧 고사리손이 아니라
길고 고운 이십 대 여인의 손으로

작은 것이 아름답다

너무 많은 것을
소유한 나는
감사함도 모르고
흥청망청

꼭 필요한 물건은
그렇게 많지가 않아,
스스로 경영하지 못한다면
없느니만 못하다

나의 삶이
꼭 필요한 것들로만
채워질 수 있기를
간절히 소망한다

절망의 세월호

2014년 4월 16일 세월호가 침몰하였다
수학여행길 아이들이 어른들의 말에 순종하여
탈출할 시간을 놓치고 바다에 수장되었다
해경도 대통령도 당도해 있었지만
정신 나간 잇속 놀음에 우선순위가 밀려
생지옥 경험하며 이승을 떠났다
학생증 목에 걸고 운동화 끈으로 서로를 묶은 채

사후 경직으로 꿈쩍도 안 하는 아이들에게
가자, 엄마가 기다리신다
잠수부 한마디에 스르르 떨어지는 몸
얼마나 무서웠을까
차갑고 캄캄한 바다 밑에서
엄마, 아빠를 몇 번이나 불렀을까
이 꽃송이들이 바다 깊이 가라앉은 그 시간
어른들은 어디서 무얼 하고 있었을까

순종의 교육이 최선이었을까
왜요, 싫어요, 반항하는 아이들에게
꾸짖길 머뭇거리는 나
포화의 인원을 가두어 교육하느라
조용히 해라, 말 잘 들어라
집단주의가 빚어낸 모범생의 이미지
들어가 있어, 라는 어른의 말은
골든타임도 굴복시켰다

내 눈물도 마르지 않았는데
바다에 뿌려진 착한 꽃송이들
부모의 한 맺힌 곡소리는 언제나 그치려는가

성격

가끔 나는 사랑스러운 여자를
동경의 시선으로 바라본다
정갈함과 유순함
아기자기 주고받는 잔정

그에 비하면 나는 치마 입은 남자다
직설적인 화법과 강퍅함을
숨기려 하지만
주머니의 송곳처럼
나도 모르게 타인을 찌른다

초등학교 담임선생님은 통지표에
사랑이 많은 어린이입니다, 라고 썼다
타고난 사랑의 능력이
내 모든 단점을 덮어줄 수 있기를

김밥

삼각 김밥은 어머니 심장인
하트를 모방하였다
김밥은 어머니의 사랑이다
김이 밥에서 떨어지지 않듯이
나는 언제나 네 편이 되어
인생에 동행하겠다는 약속이다

식어 딱딱해진 밥으로는
재료를 어우를 수 없어
어머니는 뜨거움으로 김밥을 만다
차가운 바닥에 자리 펴고
도시락을 먹는 소풍 길까지
김밥은 어머니의 사랑을 배달해 준다

보이는 게 다가 아니다

세상에 존재하는
모든 것은
보이는 단면만으로
평가받기 쉽다

아이들이 학교와 집에서
다른 모습으로 존재하기에
학부모와 상담하며
마주 보고 웃듯이

어머니가 다른 사람에게
나에 관해 이야기하면
그런 모습도 있었느냐고
의아해하며 되묻듯이

연기자를 꿈꾸는 딸애가
가족 앞에서는 부끄러워하지만
불특정 다수 앞에서는
대담하게 연기하듯이

우리는 만나는 이에게
어느 한 면만 보여주고
저마다 자기가 본 모습이
바로 그라고 여긴다

보이는 게 다가 아닌데

네 잎 클로버가 뭐길래

네 잎 클로버가 특별하다고
언제부터 믿었던 걸까
야영 훈련 강사가 풀숲에서 찾은
네 잎 클로버 내 손바닥에 올려놓았다
영지를 빠져나와 다른 건 버렸는데
네 잎 클로버는 버리지 않았다
귀가해서 며칠 후
물기 마른 초록잎 발견하고
일이 초 고민하다가
손지갑 사이에 끼워 놓았다

길치

그날 오후부터 눈이 내려
하굣길에
나는 꿈에서 본 듯도 한
망망한 눈길 위를 걷고 있었다
가도 가도 그 자리
더럭 겁이 났다, 길을 잃었다

새로 이사한 집
어머니는 자세히도 일러 주었건만
천지가 똑같이 하얀 빈터에서
겁먹은 사슴 한 마리
발 시려움도 잊고
재 같은 눈 하얗게 뒤집어쓴 채
훌쩍훌쩍 낯선 길을 매암돌았다

어린이를 사랑하는 까닭

타인을 위해
아무것도 할 줄 몰랐던
내 곁에
언제부턴가 다가온
어린 영혼
칭찬과
무심코 베푼 온정을
심장에 간직하는
겸손한 영혼

세상의 하루하루가
싸움처럼 여겨져
넌더리 나는 저녁
팔로 하트를 그리며
사랑해요! 를 외쳐준
목소리 덕분에
오늘 나는 도망치지 않고
내일의 전장으로 향한다
사랑의 총알을 장전한
여전사가 되어

두 손 모아 내어민
저마다의 손바닥에
불씨 한 톨 놓았을 뿐인데
어린이 스스로 정답을 찾아
아름다운 불꽃을 피워 올린다
사랑의 총알로 꾸짖고
사랑의 불씨를 나누면서
어느덧 나도 이기심 내려놓고
아이처럼 겸손해진다

제 4 부
습작과 여행

외출하기 두려운 날

이제까지의 경험으로 미루어
아마도 나는
모범생처럼 제목을 먼저 달고 글을 쓰고는
처음 의도와는 판이해진 시를 발견하고
마침내 제목을 고쳐 쓰게 될 것 같다
그래도 우선은 외출하기 두려운 날, 이라 쓴다

오늘은 외출하기 두려운 날이다
한 시가 다가오자 주의 산만하게 떠돌다
컴퓨터를 켜고 문학 카페 게시판에
외출하기 두려운 날, 이라 쓰고는
모니터를 물끄러미 쳐다본다

어느덧 시상은 날갯짓하며 달아나고
인터넷 창 하나 더 열어 메일을 확인한다
한 시가 훌쩍 넘자 delete 단추를 눌러
외출하기 두려운 날, 을 날려 보낸다

오늘은 제목을 고쳐 쓰지 않아도 좋을 것 같다

시어

어젯밤 잠자리에서
문장 한 개 문장 두 개
어쩌면 시를 이뤘음 직한
문장이 주르르
침대 베갯머리에 떨어졌는데
나는 그것을 받아서 어찌할까
책상 위에 고이 쌓아둘까
새로 산 엔틱 바구니에 담을까
어둠 속에 망설이다
머릿속에 툭, 던지고 잠들었다

아침에 꺼내려고
머릿속 더듬었는데
연기처럼 사,라,지,고 없다

라온제나 아띠

우리는 정다운 친구
밝은 미소 마주 잡은 손으로
생명의 빛을 둥글게 빚어냅니다

우리는 명랑한 친구
세상을 향해 열어젖힌 마음의 창
모든 가능성과
곱다란 꿈들이 흘러듭니다

어린이는 어른의 아버지
내일의 햇살을 향해 두 팔을 벌립니다
부디 오셔서
우리들의 작은 열매 단단히 영글도록
즐거운 햇살 함께 펼쳐주십시오

---

*라온제나 : 기쁜 우리라는 순수우리말
*아띠 : 친한 벗의 순수우리말

12월에 내리는 비

삭풍 한파로 곤두박질치던 겨울이
영상을 기록한 저녁
파르레 흩날리는 가랑비를
우산도 없이 맞이했다
잿빛 억새 모가지 길게 빼고 섰을 뿐
모두가 동면에 빠진 벌판에
어디엔가 숨겼던 빛깔이
여기저기서 피어났다
파아란 가로등 아래
다양한 색깔이 희미하게 타올랐다

어느덧 굵어진 빗줄기에
종종 걷던 발길 멈추고
휴대전화 카메라를 꺼내 들었다
아름다운 순간을 간직하고 싶어서
그러나 나중에 열어보니
검푸른 영상만 뿌옇게 담겼다

겨울비는 꽁꽁 언 벌판을
호호 입김으로 녹이고
채색 옷을 입혀 주었다
히틀러가 전쟁터에서도
〈젊은 베르테르의 슬픔〉을 놓지 않았듯이
차가운 겨울의 들판도
따스함을 감추고 있었나 보다

12월의 겨울비를 맞으며
나는 문득 시가 쓰고 싶어졌다
여인의 핸드백에 담긴 립스틱처럼
누군가의 손에서 놓고 싶지 않은
작은 시집이 되고 싶어졌다

남편과의 대화에서 깨달은 시 세계

아침 밥상에 수저를 놓고
박노해의 '손무덤'을 이야기했다
손무덤은 산문시여서 스토리를 들려주니
남편은 손가락 잘린 노동자에게
기업주가 차를 태워주지 않은 것이
시인의 거짓말이라고 했다
인터넷 열어 시 보여주자
박노해는 부르주아를 적대화해서
노동자를 만족시키는 수법으로 시를 쓴다고

갑자기 시를 어떻게 써야 할지 고민된다
내가 아는 시들은
시인의 경험으로 잎사귀와 가지를 엮어
단단하게 여문 사상을 숨기거나
반대의 시들은
물오른 초록 잎사귀만으로 노래하는데
어찌 보면 부르주아의 색감을 띤 내 시들이
어떤 이의 귀에는 역겨운 풍류가로 들릴 것임을
오늘 아침 문득 깨달았다

선배

한 줄을 써도 시를 쓰라는
충고해주는 선배 있어서
누구는 좋겠다

내 시의 유치함이 부끄러워
쥐구멍에라도 숨고 싶을 때
포기하지 마, 넌 할 수 있어
다독여줄 선배 있으면
참 좋겠다

골방에서 시를 쓴 먼로나
자기도취에 빠진 네로나
한 사람은 섹스심벌로만
한 사람은 폭군으로만
불렸다, 그리고 그들의 시는
찬웃음 얼음장에 사장 되었으니

시시때때로 주눅 들고
한 줌뿐인 습작조차
꼴 보기 싫어질 때
어깨 두드리며 지나갈 사람
내게도 있었으면 좋겠다

황소

그가 벽장에서 뚜벅뚜벅 걸어 나온다 그는 육중한 몸의 한 마리 황소, 땅을 디딜 적마다 출렁였을 풍만한 복부는 지금이야 딱딱하게 말라붙은 뱃가죽이지만 욕망의 피톨은 선명하게 붉어 허기진 배를 내밀며 어깨를 들썩이며 다가온다 그가 내미는 것은 배가 아니다 나는 머리를 흔들며 창문을 훌쩍 넘어 들판으로 내달았으나 이내 막다른 골목이다 풀을 먹는 주제에 네가 감히, 나는 한껏 눈을 부라렸으나 그는 초식동물이 아니었다 박제된 황소는 여자도 먹을 줄을 알았다 미녀와 야수처럼 우람한 그를 동정하고 쓰다듬기라도 해야 했을까 그런데 나는 미녀가 아니고 그는 야수가 아니다 그는 마음만 먹으면 덮쳐서 야금야금 나를 먹어치울 수도 있었으나 내 쏘아보는 눈길에 화들짝 거세된 그의 식욕은 회수되고 무색해진 그는 오던 길을 되돌아갔다 들판에서는 때아닌 아지랑이가 피어오르고 새우는 소리도 들렸으나 그는 원래 처박혔던 눅눅한 벽장으로 걸어 들어갈 것이고 또 배가 고프면 뚜벅뚜벅 걸어 나오겠지만 한 번도 포식하지는 못할 운명이었다 벽장 안에서는 굳어가면서도 쏟아내는 그의 욕지거리가 한참이나 들려왔다

정모

횃불이 에워싼 뜨락에서
밤공기에 취해 잔을 채우고
익힌 바나나를 씹었네
소시지가 알맞게 놓인 접시
뭔가 더 있어야 할 듯도 싶었지만
누구 하나 그것을 탓하지는 않았지

문학이라는 이름으로 만난 우리는
말도 안 되는 끄적임
어여삐 여겨주며
소심한 배짱 서로 나누며
온라인 오프라인의 스쳐 감

부디 이 만남 계속하세
떨어진 자 잡아주고
넘어진 자 일으키며
함께 잡은 이 손 꼭 붙잡고
오래도록 이 길 함께 가세

사이버 세상

1
고요한 밤
화려한 날개 펼친 공작새처럼
다채로운 빛깔의 꿈 쏘아올리며
아무도 모르는 나의 집에 들어온다

초가집처럼 허름한 문장으로 엮인
옹색한 터 위에 언어의 벽돌 얹으며
비었지만 꼭 그렇지만도 않은
나의 빈집에 들어온다

2
아이디에 눈 코 입이 달린
사이버 세상에는 암묵적인 법이 있어
눈치코치 없이 이글저글 올리면
법을 어긴 죄인을 추방하거나 따돌린다
사이버 세상도 이내 현실의 사회가 된다

내가 즐겨 찾는 나 홀로 카페
이것저것 신경 안 쓰고 들어앉아
언어의 벽돌로 조형물을 완성한다
재수 좋게도 건축물이 그럴싸해지면
다른 아이디들에게 보여준다
아이디들은 조회 수를 올리며 댓글로 소통한다

3

아무도 모르는 나만의 집
은밀한 설렘 안고 들어온다
사이버 트리 고적한 둥지에
아무도 떠나지 않은 빈집, 이라 문패를 단다
상념 속 성체조배 실에는 아버지의 별이 뜨고
잊히지 않은 사람들이 저벅저벅 걸어 다닌다
습작실 창가에 심은 문학의 나무에서
언어와 단상의 열매를 따서
샐러드를 조리하는 사이
아무도 떠나지 않은 빈집의 식탁에는
과거와 현재와 미래가 수런수런 모여든다

허세

나는 왜 말이 많은가
입으로 발설한 수량만큼
안으로 비는 줄 알면서도
말의 홍수에 빠져
떠다니는가
종일 수다를 퍼내고
공허한 생각 박박 긁어
옹색하게 꺼내놓는
허세 덩어리

사명

초등학교 시절 천재 소릴 들었다
공부를 잘해서다
중학교 가서도 천재 소릴 들었다
글을 잘 써서다

결국 어른이 된 나는
공부로 교사가 되고
글로 시인이 되었다

천재 소릴 듣게 한
두 가지 인연을 놓치지 않았으니
이 길에 소명의식을 가져봄 직하다

사랑으로 가르치고
실력보다 감성으로 쓰리라
내 인생에 사명을 부여하노라

여수 하멜 등대에서

노랑머리 외국인 선교사만 보면
박해하던 조선땅에서
하멜은 무사히 여정을 마치고
표류기를 집필하였다

빨간 등대 앞에 서니
너른 세계로 흘러가는 망망대해
머나먼 동양 반도에 와서
사명을 마치고 떠났던 그도
나처럼 여기서 수평선을 바라보았을까

바다는 고요하다
동서양의 이념과 문화가
혼란과 파국을 끌어안고 넘실거렸던
역사의 뒤안길에서
오늘도 그날처럼 흘러갈 뿐이다

해운대 백사장에서

가족여행으로
추석 연휴에 떠난 부산여행
해운대에 여장을 풀고
자정의 바닷가로 나왔다

화려한 야경에 취해
백사장을 쏘다니다가
셀카봉 렌즈를 떨어뜨렸다
값으로 따지면 몇천 원인
셀카봉 렌즈가
여기서는 천금처럼 귀할 줄이야
모래 위에서 반짝이는
조그만 렌즈를 용케도 찾아내었다

피서객이 물러가고
삼삼오오 떠나온 연인과 가족들
밤을 잊은 그대들이
셀카봉을 높이 올리고
저마다 추억을 엮어가고 있었다

부산 여행

딸만 있는 우리 가족은
아기자기한 도시 여행을 즐긴다
올해는 부산 여행을 떠났다
부산에서 이따금 홍콩이 떠올랐다
해운대의 야경에서
부티 나는 스타의 거리 야경을
센텀 신세계 백화점에서
홍콩의 쇼핑몰을 떠올렸다
세계적인 상업도시가 되어가는 걸까

첫날 코스가 부산의 화려함이었다면
둘째 날 테마는 부산의 소박함
아침으로 돼지국밥과 순대를 먹고
재래시장을 순회하였다
바다가 보이는 카페 창가에서
망고 빙수와 아메리카노를 즐기며
오붓하게 쉬다가
해양공원의 산책로를 쏘다녔다
낮에는 배불리 먹고 밤에는 잘 잤다
짧은 여정을 마치고 부산을 떠나면서
잔칫집에서 며칠 묵은 듯 유쾌하였다

여수 바다

저녁 햇빛 물드는
여수 바닷가 거니노라면
동백나무 가지에 불어오는
소슬한 바람에도
들떴던 여행객의 마음이
쓸쓸하고 고즈넉해진다
푸르른 달빛 아래
대교의 조명도 호젓하다

남해의 거센 파도에
붉게 피어난 동백의 향연
누구를 위한 기다림일까
차가운 바람에도
진홍의 꽃잎 당차게 피었다
어느덧 바람이 차갑지가 않다
여수 바다에서
우리의 마주 잡은 손도 따스하다

광안리 야경

밝은 낮에는 보이지 않던
찬란한 밤의 풍경들
도시의 소음에 가려져
인공의 아름다움을 몰랐다

자연미가 인공미보다
우세한 줄 알았는데
인간이 창조한
네온사인과 현란한 색채
문화의 우월함이여

화려한 빌딩
자동차의 헤드라이트
대교에 늘어선 불빛
강물 위를 떠가는 유람선
빛살이 뿜어내는
인공의 아름다움이여

망고 카페

이호테우 바닷가에서
홍마 백마 타고 노닐다가
아뿔싸, 망고 카페 문 닫을 시간이다
파도 소리 정겨운
외길 해안도로 달리는 동안
애월읍은 어둠에 잠겼다

'CLOSE' 표지판 매단 창문 앞에서
내일 귀경한다고 통사정하자
'김태희'라 쓰인 대기표를 내민다
오늘의 마지막 손님까지
레드 카펫 깔아주는 주인장의 위트에
함박웃음 터져 나온다

하루 여정 끝내고
불빛도 없는 바닷가
더듬으며 가는 길
렌터카 안에 퍼지는
올드 팝송의 경쾌한 비트와
망고의 향기가
내 고향처럼 아늑하다

안선희 제 2 시집

초판 1쇄 : 2015년 12월 10일

지 은 이 : 안선희

펴 낸 이 : 김락호

디자인 편집 : 이은희

표지 디자인 : 안혜진

기 획 : 시사랑음악사랑

인 쇄 : 청룡

연 락 처 : 1899-1341

홈페이지 주소 : www.poemmusic.net

E-Mail : poemarts@hanmail.net

정가 : 10,000원

ISBN : 979-11-86373-23-1